啊

幫我COPY
一下嘛

唔？　　不是布作的不要

唔？異動？

啊哈哈哈哈哈哈

下次換我請你，
鮭魚子。

好

這樣不會有點
不負責任嗎…

横紋君有各式各樣的好朋友。

啥

例如熊小姐珍妮，

早安——

嗨！

正在約會中。

而花豹石川先生呢……

哼！

老是陷入愛河無法自拔。

至於倉鼠金熊君⋯⋯

YO！

YO！

在倉鼠界就等於布萊德·彼特。

街上到處都是情侶，

原來是戀愛的季節到了哪～

哼！

橫紋君是一隻單身的白貂，

這些傢伙，
　通通都在
打情罵俏！

老是穿著橫紋衫。

全身雪白，

身材修長，

不痛不痛

個性固執，

我才不寂寞呢！

這就是橫紋君。

橫紋君非常注重美食，

做起菜來也非常講究。

給我變好吃！

噗
噗
噗
噗
噗

咖哩一定要放一個晚上入味，

噗
噗
噗

所以今天只好先忍耐一下了。

橫紋君只要開始埋頭做一件事，

呼呼呼♪

其他事就完全無法顧及。

啊～　　　自己把它治好!!　　刷

横紋君從不依賴他人，

百分百相信自己的力量，可是⋯⋯

這種自信其實完全沒有道理。

你有什麼意見嗎？

嗅
嗅 嗅
嗅

橫紋君在嗎？

嘎～

粉紅妹來了。

咖哩就快煮好了。

哎，真是拿妳沒辦法─

人家好想吃哦─

粉紅妹的鼻子很靈，

有在看啦！

喂！不要丟著不管！

達⋯⋯陣!!
不，是越位嗎
?!?!?!?!

做事也比較細心。

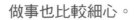

好～好吃喔！

粉紅妹是愛吃鬼，

嘿，那還用「嚛」！

橫紋君則是臭屁王。

喂——！

吃飽飯之後，

啾～

橫紋君請粉紅妹喝茶。

橫紋君聰明得不得了，什麼都懂。

Yo—Yo—
跟妳說啊，
很久很久以前，
咖啡的果實其實是
用來作酒的喲！

這個我以前好像
也聽說過。對了，
「越位」是什麼啊？

粉紅妹好奇地問。

你說「越位」是指足球？還是橄欖球？
啊，橄欖球就是美式足球啦！兩種運動都有這種規則……哦，妳是說足球。妳知道開關上有「on、off」對吧？最初所謂「越位」（offside）這個字的off，就跟開關在off的時候，電燈就會熄掉一樣，比賽也會停止。「side」就是這邊、那邊的意思，所以「offside」原來的意思要說是犯規，不如說是「被罰停止踢球的那一邊」。所以當然也有「onside」，就是沒有犯規「可以踢球的那一邊」。所謂的越位線，就是從球門算起，通過第二個我方球員站的位置，跟底線成平行的那條線。哦，底線就是球門邊緣的這條線。從越位線開始到球門為止的區域，對另一方而言就是「越位區」。可是說是第二個我方球員，那是因為守門員算第一個，所以其實通過守備這方第一個球員的那條線，就是越位線了。一般說的越位犯規，就是指攻擊那方的球員到了越位區，不可以接隊友的傳球，也不可以有干擾動作的足球規則。所以啊，如果只是站在越位區，並不算犯規。還有，在中線前自己這一邊，就沒有越位的問題了。結論就是，埋伏在越位區攻擊是不行的。也就是說，沒

有這個規則的話，一定會有球員
在對方的球門前等著，球來了，
就射門踢進去。然後有一種叫
offside trap ──「越位陷阱」
的守備技術，像之前「食蟻獸足
球俱樂部」的比賽就常常用這一
招。如果裁判判了越位犯規的話，對方
可以開自由球，也就是守備的一方，可以
把球要回來。所以所謂的offside trap，就
是在對手攻擊的時候，故意啪 ── 地拉開
一條線，啊，這個線就是越位線，對了，
對了，trap是「陷阱」，你知道嗎？所謂
的……

開關‧ON。

嗯～

開關‧OFF。

所謂「Touch Up」
的意思就是……

「兩分轉換」是指……

而「三所攻」
其實就是……

橫紋君只要一打開話匣子，就完全停不下來。

啊？

嗯
嗯

喔
喔

粉紅妹完全插不上嘴。

粉紅妹相當尊敬橫紋君……

好了，我要出題目囉！

我去泡茶——

所以「敬而遠之」。

粉紅妹非常了解橫紋君的祕密，

但橫紋君卻不知道粉紅妹的心事。

就算有機會也……

什麼都通通不知道。

慢一吞一吞

快快快

横紋君「無呷意」輸ㄟ感覺，

粉紅妹輸了更不爽。

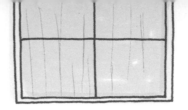

不知不覺間，

差不多該回去了

哦

外面下起雨來⋯⋯

噢，給妳一

橫紋君給了粉紅妹一些咖哩，

謝謝招待～

還借了她一把傘。

啊，包包忘了拿。

喂～
妳這個粗心的傢伙一

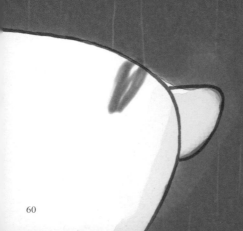

兩個人其實就住在隔壁，

從小就是青梅竹馬啦！

要自立自強喔

偶而也陪我
去跳樓大拍賣嘛…

\哇~哇~/   \嗶~/
         \嗶~/

嗶嗶女郎

砂子，挖給你看，砂子。

發育不錯的小姐，
最好小心一點比較好

妳是大臣，
我是大王。

Yo-Yo-
大臣~ 什麼事，大王。